Soy tan hermosa

Lee Aucoin, *Directora creativa*
Jamey Acosta, *Editora principal*
Heidi Fiedler, *Editora*
Producido y diseñado por
Denise Ryan & Associates
Ilustraciones © Katie Saunders
Traducido por Santiago Ochoa
Rachelle Cracchiolo, *Editora comercial*

Teacher Created Materials
5301 Oceanus Drive
Huntington Beach, CA 92649-1030
http://www.tcmpub.com
ISBN: 978-1-4807-2989-6
© 2014 Teacher Created Materials

Escrito por Ella Clarke
Ilustrado por Katie Saunders

Polilla y Mariposa se posaron en un arbusto.

2

3

—Este es *mi* arbusto —dijo Polilla.
—No, es el mío —dijo Mariposa.

—Me quedaré. Mis antenas son peludas
—dijo Polilla.

—No, yo me quedaré. Mis alas son coloridas —a Mariposa le gustaba este arbusto.

8

—Pero yo puse mis huevos aquí —dijo
Polilla. No parecía feliz.

11

—Yo puse *mis* huevos aquí —dijo
Mariposa.

13

—Mis huevos se convertirán en orugas.
Luego se transformarán en capullos
—dijo Polilla.

15

—Mis huevos también madurarán aquí —dijo Mariposa.

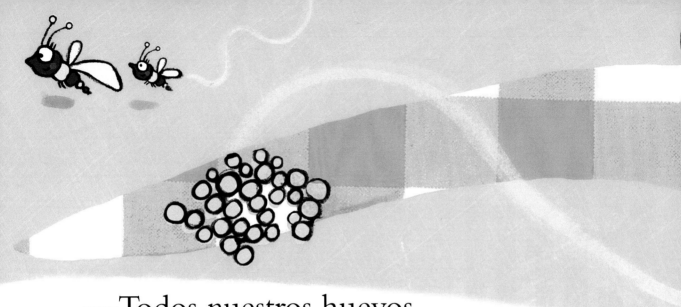

—Todos nuestros huevos
son muy hermosos —dijo Polilla.
—¡Igual que nosotras! —dijo Mariposa.

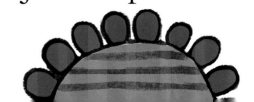

19

—¡Quedémonos aquí!
—dijo Polilla.